Christine Nöstlinger

MiNi erlebt einen Krimi

Mit Zeichnungen von
Christiana Nöstlinger

D1829450

Deutscher Taschenbuch Verlag

Von Christine Nöstlinger sind außerdem bei dtv junior lieferbar:

Liebe Susi! Lieber Paul!, dtv junior Lesebär 7577
MINI muss in die Schule, dtv junior Lesebär 75051
Die feuerrote Friederike, dtv junior 7133
Ein Mann für Mama, dtv junior 7307
Der Denker greift ein, dtv junior 70164
Susis geheimes Tagebuch / Pauls geheimes Tagebuch, dtv junior 70303
Echt Susi, dtv junior 70406
Liebe Oma, deine Susi, dtv junior 70522
MINI fährt ans Meer / MINI als Hausfrau, dtv junior 70364
MINI bekommt einen Opa / MINI muss Schi fahren, dtv junior 70383
MINI und Mauz / MINI ist die Größte, dtv junior 70426
MINI trifft den Weihnachtsmann, dtv junior 70497
Konrad oder Das Kind aus der Konservenbüchse, dtv junior 70511
Allerhand vom Franz, dtv junior 70524

Ungekürzte Ausgabe, Bilder schwarzweiß
In neuer Rechtschreibung
Dezember 1999
Deutscher Taschenbuch Verlag GmbH & Co. KG, München
© 1996 Dachs-Verlag GmbH, Wien
ISBN 3-85191-046-X
Umschlagkonzept: Balk & Brumshagen
Umschlagbild: Christiana Nöstlinger
Gesetzt aus der Futura 14/19,5'
Gesamtherstellung: Kösel, Kempten
Printed in Germany · ISBN 3-423-70557-4
dtv junior im Internet: www.dtvjunior.de

Sieben Jahre alt ist die Hermine Zipfel. Die Mama, der Papa und die Oma rufen sie Mini. Nur ihr Bruder, der Moritz, nennt sie »Bohnenstange« oder »lange Latte«.

Weil die Mini sehr groß ist. Und sehr dünn. Genauso groß wie der Moritz ist sie, obwohl der um zwei Jahre älter ist.

Der Moritz meint, eine »kleine Schwester« sollte auch wirklich klein sein! Er ärgert sich sehr, wenn fremde Leute fragen:

Die Mini kränkt sich ziemlich, wenn der Moritz zu ihr »Bohnenstange« oder »lange Latte« sagt.

Da nützt es auch nichts, wenn die Mama und der Papa sagen: »Er meint es nicht böse. In Wirklichkeit hat er dich sehr lieb!«
Die Mini nickt dann brav, aber sie denkt sich: Das glauben die zwei bloß. Weil sie es glauben wollen. Wenn man jemanden lieb hat, ist man auch lieb zu ihm!
Die Mini ist immer lieb zu Moritz. Und der Moritz hält das für selbstverständlich. Ärgert er sich über wen, schimpft er sich bei der Mini allen Ärger von der Seele. Braucht er Geld, borgt er es sich von der Mini. Ist er traurig, lässt er sich von der Mini trösten. Ist ihm langweilig, muss die Mini mit ihm spielen. Ist er zu faul sich ein Butterbrot zu schmieren, tut es die Mini für ihn. Sogar seine Schuhe putzt sie.
Die Maxi, die Freundin der Mini, sagt: »So dumm wie du wäre ich nicht.«

Auch Minis Oma sagt oft: »Mini, du bist viel zu gutmütig für den Moritz!«
Die Mini sagt dann: »Ich habe ihn eben sehr lieb!«

Vor einer Woche ist der Moritz besonders gemein zur Mini gewesen. Da ist die Mini in der Schule auf der Treppe ausgerutscht. Auf einem glitschigen Hustenzuckerl, das ein Kind ausgespuckt hatte. Die ganze Treppe runter bis zum Schultor ist die Mini gesegelt. Vierundzwanzig Stufen! Unten angekommen hat sie einen Purzelbaum geschlagen. Dabei ist ihr die Schultasche vom Rücken gefallen und aufgegangen. Viel Schulkram ist in weitem Bogen rausgeflogen.
Alle Kinder waren furchtbar besorgt um die Mini, haben sie gefragt, ob sie sich wehgetan habe. Aufgeholfen haben sie

ihr. Und den verstreuten Schulkram haben sie eingesammelt. Nur der Moritz ist beim Schultor gestanden, hat blöd gelacht und gerufen:

Der Hannes und der Axel haben den Kopf geschüttelt. Sehr leise hat der Hannes zum Axel gesagt: »Der Moritz ist ein Ekel!«
Die Mini hat es trotzdem gehört.

Sie hat sich ihre Schultasche auf den Rücken gepackt und zur Maxi gesagt:

Die Mini meinte das auch wirklich ernst. Den ganzen Nachmittag hielt sie ihren Vorsatz durch. Auch am Abend redete sie kein Wort mit ihrem Bruder. Nicht einmal gute Nacht wünschte sie ihm.

Am nächsten Morgen beim Frühstück, als sie der Moritz um einen roten Buntstift bat, sagte sie zur Mama. »Sag deinem Sohn, dass ich ihm nie mehr was borge!«
»Warum redest du nicht mit mir?«, schrie sie der Moritz an. »Spinnst?«
Die Mini sagte zur Mama: »Sag deinem Sohn, dass er für mich gestorben ist!«
»Wieso?«, brüllte der Moritz total empört.
Und die Mini sagte zur Mama: »Sag deinem Sohn, dass er das wissen muss, falls er nicht an Gedächtnisschwund leidet!«
Stolz erzählte die Mini in der Schule der Maxi, dass sie kein Wort mit ihrem Bruder geredet habe.
»Na endlich!«, rief die Maxi. »Aber das musst du jetzt mindestens eine Woche durchhalten, damit er kapiert, dass er sich nicht alles erlauben kann.«

»Eisern«, versprach die Mini. »Eine Woche lang ist der Kerl jetzt Luft für mich.«
Drei Stunden später wurde Mini ihrem Vorsatz untreu. Da kam in der Pause die Evi vom Klo in die Klasse zurück und sagte zur Mini: »Deinen Bruder hat die Lehrerin gerade zur Frau Direktorin geführt. Er hat geheult wie ein alter Schlosshund.«
Die Mini sprang auf, flitzte aus der Klasse und rannte zum Zimmer der Frau Direktorin. In die Direktion hinein wagte sie sich nicht. Sie stellte sich zur Tür und lauschte. Sie hörte den Moritz schluchzen und jammern: »Das ist nicht wahr!« Und: »Nein, das habe ich nicht getan!«
Die Mini bekam Herzklopfen. Sie dachte: Was hat er angestellt? Das muss ja etwas Furchtbares sein. Wegen einer Kleinigkeit muss man doch nicht zur Frau Direktorin!
Die Mini drückte ein Ohr an die Tür.

Mehr, als dass ihr Bruder beteuerte etwas nicht getan zu haben, hörte sie nicht. Dann läutete die Glocke die Pause aus. Die Mini hätte in ihre Klasse zurückmüssen. Aber sie lief zur 3 A, zur Klasse vom Moritz. Dort standen ein Bub und ein Mädchen auf dem Gang.

»Nein!«, rief die Mini. »Mein Bruder ist kein Dieb, echt nicht!«
»Ist er doch!«, sagte der Bub. »Jeder Irrtum ausgeschlossen!«
»Wir haben es doch mit eigenen Augen gesehen!«, sagte das Mädchen.
Und dann erzählten sie der Mini genau, was passiert war: In der Pause habe der Moritz mit dem Peter zu raufen angefangen, obwohl der Peter der stärkste Bub in der Klasse ist. Der Peter habe den Moritz gepackt, über eine Schulter gelegt und lachend gesagt, er trage den Moritz zur Mülltonne in den Hof und werfe ihn rein. Der Moritz habe versucht von der Schulter runterzukommen, gezappelt und gestrampelt habe er und da wäre aus der Brusttasche seiner Jeansjacke eine Brieftasche gefallen. Ein Kind habe sie aufgehoben. Um den Moritz zu ärgern,

habe es die Brieftasche aufgemacht und gesagt: »Jetzt nehme ich mir gleich die zehn Schilling, die er mir seit Wochen schuldig ist!« Dann habe das Kind verdutzt geschaut. In der Brieftasche sei der Schülerausweis von einem Franz Schodl gewesen. Und ein gefaltetes Brieferl, in welchem eine Susi einem Franz schreibt, dass sie ihn sehr gern mag. Über hundert Schilling wären auch drin gewesen.
Dann sei die Frau Lehrerin gekommen und habe vom Moritz wissen wollen, wieso er eine fremde Brieftasche in der Jacke habe. Der Moritz habe darauf keine vernünftige Antwort geben können. Stur habe er erklärt, dass die Brieftasche sicher nicht in seiner Jacke gewesen sei. Noch nie habe er sie gesehen! Und einen Franz Schodl kenne er überhaupt nicht!

»Aber wir haben alle gesehen«, sagte das Mädchen, »wie sie rausgefallen ist!«
Und der Bub sagte zur Mini: »Fällt dir da eine andere Erklärung ein, als dass er sie gestohlen hat?«
Dann drehten sich die zwei um, gingen in die 3 A rein und machten die Tür zu.
Ganz verzagt stand die Mini allein auf dem Gang. Am liebsten hätte sie zu weinen angefangen. Doch da kam die Maxi angerannt.
»Was stehst da rum?«, rief sie. »Die Pause ist längst aus, die Frau Huber hat gesagt, ich soll dich suchen gehen!«
Sie nahm die Mini an der Hand und zog sie zur 1 B. Die Mini stolperte neben ihr her.
»Was ist denn los?«, fragte die Maxi.

»So was tut er garantiert nicht!«, sagte die Mini.
»Dann wird sich ja alles aufklären«, sagte die Maxi.

Das sagte auch die Frau Huber, als ihr Mini erklärte, warum sie so spät in die Klasse kam. Die Mini saß trotzdem wie auf Nadeln. Obwohl sie die beste Rechnerin der Klasse war, konnte sie nicht einmal zwei und zwei zusammenzählen. Nach der vierten Stunde war der Unterricht in der 1 B zu Ende. Die Mini lief zur 3 A. Nachsehen, ob der Moritz dort war. War er aber nicht. Ein Bub sagte: »Keine Ahnung, wo er hingekommen ist«.

Die Mini raste heim. Sonst brauchte sie für den Weg zehn Minuten. Diesmal schaffte sie ihn in drei Minuten.
Schlüssel hatte die Mini keinen eingesteckt. Sie musste klingeln. Die Mama machte ihr die Tür auf. Traurig schaute sie drein.
»Ach, Mini«, seufzte sie. Da war der Mini klar, dass die Mama schon Bescheid wusste.
»Wo ist der Moritz?«, rief sie.
Die Mama deutete zum Zimmer vom Moritz. Die Mini atmete auf. Hauptsache, ihr Bruder war nicht verhaftet worden!
»Hat sich alles aufgeklärt?«, fragte sie.
Die Mama schüttelte den Kopf. »Er streitet einfach alles stur ab.«
Die Mini ließ die Schultasche vom Rücken rutschen und zog ihre Jacke aus. Ganz entsetzt fragte sie die Mama: »Hältst du den Moritz auch für einen Dieb?«

Die Mama zuckte mit den Schultern. »Vielleicht hat er die Brieftasche auch wo gefunden«, sagte sie. »Aber dann hätte er sie doch nicht behalten dürfen.«
Die Mama seufzte wieder. »Jedenfalls ist es dumm von ihm, stur zu sagen, er habe sie noch nie gesehen!«
Die Mini ging zu ihrem Bruder ins Zimmer. Der Moritz lag auf seinem Bett. Vom Weinen hatte er eine dicke, rote Nase, seine Augen waren auch ganz rot und verschwollen.
Die Mini setzte sich auf den Bettrand. »Lass mich bloß in Ruhe!«, rief der Moritz und drehte das Gesicht zur Wand. Total krächzig war seine Stimme.
»Aber ich glaube dir doch, Moritz«, sagte die Mini. Da drehte sich der Moritz wieder zu ihr.

UR-UR-ECHT!
ECHT?

»Da bist du die Einzige«, sagte der Moritz.
»Der Papa wird dir sicher auch glauben«, sagte die Mini.
»Einen Schmarrn!«, krächzte der Moritz. »Die Mama hat ihn im Büro angerufen.« Der Moritz schluchzte wieder. »Er hat gesagt, ich soll es wenigstens zugeben!« Der Moritz setzte sich auf und drosch mit der Faust auf das Kissen. »Ich kann nicht was zugeben, was ich nicht getan habe!« Nun war die Mini ganz sicher, dass der Moritz die Brieftasche nicht gestohlen hatte. Und auch nicht gefunden! Sie kannte ihren Bruder. Wenn der log, war er ganz anders: Da legte er den Kopf schief und blinzelte ein bisschen und bekam ein komisches Zucken in der Nase.
Die Mini sagte: »Wir müssen rauskriegen, wie die blöde Brieftasche in deine Jacke gekommen ist.«

Der Moritz boxte noch wilder auf das Kissen und schrie: »Sie war nicht in meiner Jacke! Du bist genauso blöd wie die anderen!« Dann packte er das Kissen und warf es der Mini an den Kopf.
Die Mini stand auf und ging aus dem Zimmer. In die Küche ging sie. Dort saß die Mama beim gedeckten Tisch. »Iss was«, sagte sie. »Die Suppe wird ja kalt.«
Die Mini setzte sich zur Mama. Hunger hatte sie keinen. Aber sie ließ sich von der Mama den Teller füllen und löffelte brav lauwarme Erdäpfelsuppe.
»Kannst du ihm nicht beibringen, dass es besser ist, die Wahrheit zu sagen?«, fragte die Mama.
Die Mini schob den Teller weg. »Er sagt die Wahrheit!«, rief sie. »Und es ist traurig, dass ich die Einzige bin, die das merkt!«

Blitzschnell machte Mini die Hausübung, dann lief sie zur Maxi. Wenn die Mini ein Problem hat, bespricht sie es immer mit der Maxi. Die weiß meistens Rat. Und wenn auch sie einmal ratlos ist, sind da noch ihre großen Schwestern. Die finden für jedes Problem eine Lösung.
Diesmal hatte es die Mini schwer, sich bei der Maxi und den Schwestern Rat zu holen. Die glaubten nämlich auch, dass der Moritz log.
»Nimm es nicht tragisch«, sagte die Maxi. »Kommt in den besten Familien vor.«
Eine Stunde redete die Mini auf die Maxi und ihre Schwestern ein. Dann sagte die Maxi endlich: »Vielleicht hast du ja Recht.« Und eine der großen Schwestern sagte: »Vielleicht hat wer deinem Bruder heimlich die Brieftasche in die Jacke gesteckt?«
»Aus welchem Motiv?«, fragte die Maxi.

Die Mini fragte: »Was ist ein Motiv?«
»Ein Täter hat ein Motiv«, erklärte ihr die Maxi. »Einen Grund, warum er es tut.«
Die Mini steckte einen Zeigefinger in den Mund, nagte am Nagel und überlegte, aus welchem Grund jemand ihrem Bruder die Brieftasche zugesteckt haben könnte. Es fiel ihr keiner ein.

Die Maxi steckte einen Daumen in den Mund, lutschte daran und dachte nach. Lange hockten sie so da. Die Schwestern waren längst aus dem Zimmer gegangen. Die interessierten sich ja nicht sehr für den Moritz. Schließlich fragte die Mini: »Ist dir was eingefallen?«
Die Maxi sagte: »Hat der Moritz die Brieftasche nicht gestohlen, hat sie ihm keiner heimlich in die Jacke gesteckt, dann ist sie auch nicht aus seiner Jacke gefallen! Dann ist sie dem Peter aus der Jacke gefallen. Beim Raufen gibt's ein Kuddelmuddel. Da können sich die Zuschauer leicht irren!«
»Dann ist der Peter der Dieb?«, fragte die Mini.
Die Maxi nickte. Bloß zu beweisen, meinte sie, sei das kaum. Also dürfte man es auch nicht einfach behaupten. Und überhaupt

sollte man zuerst rauskriegen, wo dem Franz Schodl die Brieftasche weggekommen ist! Vielleicht an einem Ort, wo der Moritz noch nie gewesen ist. Dann würde jeder kapieren, dass der Moritz unschuldig ist!

Die Maxi trug der Mini auf die Frau Direktorin nach der Adresse vom Franz

Schodl zu fragen. Die Frau Direktorin musste sie kennen. War ja der Ausweis in der Brieftasche gewesen. Die Frau Direktorin hatte sicher beim Franz Schodl daheim angerufen, um zu melden, dass die Brieftasche aufgetaucht sei. Die Mini fand es ziemlich schrecklich, zur Frau Direktorin gehen zu müssen.

Die Mini sah das ein. Sie konnte die Maxi nicht das Unangenehme tun lassen. Noch

dazu, wo die den Moritz nicht besonders mochte.
Als die Mini heimkam, war der Papa zu Hause. Er saß beim Wohnzimmertisch. Ihm gegenüber der Moritz. Er hatte die Arme über der Brust verschränkt und starrte zur Zimmerdecke. Vor ihm auf dem Tisch lag ein Blatt Papier.

Die Mini setzte sich neben den Moritz. Weil sie ihm beistehen wollte. Der Papa runzelte

die Stirn. Grantig schaute er die Mini an. Die Mini legte eine Hand auf den Schenkel vom Moritz. Um ihm zu zeigen, dass sie zu ihm hielt. Sie merkte, dass das dem Moritz gut tat. Sonst hätte er ihre Hand sicher weggeschubst.
»Ich habe mit deinem Bruder ein ernstes Gespräch«, sagte der Papa.
Die Mini nickte und blieb sitzen. Obwohl ihr klar war, dass sie der Papa beim ernsten Gespräch nicht dabeihaben wollte. Sie fragte den Moritz: »Was sollst denn schreiben?«
Der Moritz starrte weiter zur Zimmerdecke rauf und sagte: »Beim Schodl soll ich mich entschuldigen. Tu ich aber nicht. Weil ich es doch nicht getan habe.«
Da wurde der Papa wütend. Sein Gesicht färbte sich rot, er sprang auf und brüllte los, dass der Moritz nicht vom Tisch weg

dürfe, bevor er nicht den Brief geschrieben habe! Und wenn er eine Woche lang da hocke! Und das Taschengeld sei ihm auch gestrichen!

Der Papa ging ins Schlafzimmer und knallte die Tür hinter sich zu.

»Wie in einem bösen Traum ist das«, sagte der Moritz und lehnte den Kopf an Minis Schulter.
Die Mini dachte: Wenn der Moritz einen Brief an den Schodl schreiben soll, müssen wir die Adresse von dem haben. Muss ich also die Frau Direktorin gar nicht fragen!
Sie schaute sich auf dem Tisch um. Wo der Papa gesessen war, lag ein Zettel. Die Mini griff nach dem Zettel. Schodl, Berggasse 7, stand darauf.
Die Mini steckte den Zettel in die Rocktasche, streichelte dem Moritz über die Haare und sagte: »Das kriegen wir hin, ich verfolge da zwei heiße Spuren.«
Beim Streicheln merkte die Mini, dass der Kopf vom Moritz unheimlich heiß war.
»Mama!«, rief sie. »Der Moritz hat Fieber, ganz krank hat den das alles gemacht!«

Die Mama und der Papa kamen aus dem Schlafzimmer. Der Papa holte den Fiebermesser und schob ihn dem Moritz in den Mund.
Neununddreißigdrei hatte der Moritz. Die Mama führte ihn in sein Zimmer. Sie half ihm beim Ausziehen, deckte ihn zu und sagte:

Beim Nachtmahl dann stritten die Mama und der Papa ein bisschen. Die Mama sagte, der Moritz habe »Nervenfieber« bekommen, weil er sehr unglücklich sei.
Der Papa sagte, »Nervenfieber« gäbe es überhaupt nicht. Vielleicht kriege der Moritz Masern. Die gingen jetzt um. Die zwei Kinder seiner Sekretärin hätten sie auch. Es sei garantiert nur ein Zufall, dass der Moritz gerade jetzt auch noch krank werde.
Die Mini schaute den Papa böse an und rief: »Wenn man mir so Unrecht täte, würde ich auch hohes Fieber bekommen.«
Der Papa schüttelte den Kopf: »Jetzt sei nicht so vernagelt, Mini! Diese Brieftasche war nun einmal in der Jacke von deinem Bruder, da beißt leider keine Maus einen Faden ab!«

Am nächsten Morgen hatte der Moritz noch immer Fieber. Bevor die Mini in die Schule ging, schaute sie zu ihm rein. Sie wollte ihm vom Verdacht gegen den Peter erzählen. Und dass sie mit dem Schodl reden werde, um zu erfahren, wo die Brieftasche gestohlen worden sei. Aber der Moritz war so matt und müde, dass er nicht einmal den Kopf heben konnte.

So erzählte ihm die Mini nichts und schlich auf Zehenspitzen aus dem Zimmer.
Auf dem Schulweg kam ihr die Maxi entgegen. Ganz aufgeregt. Mit einer Zeitung winkte sie und rief: »Wir werden den Peter beschatten.«
»Was werden wir ihn?«, fragte die Mini.
»Dauernd beobachten!«, sagte die Maxi.
Sie erklärte der Mini, in der Zeitung stehe, dass in der Straßenbahnlinie 5 ein Dieb sein Unwesen treibe. Täglich würde dort wer bestohlen. Und der Peter fahre jeden Morgen mit der Linie 5 zwei Stationen zur Schule und mittags zwei Stationen heim. Das wisse sie! Sicher sei Peter dieser »Serientäter«. Wenn sie Glück hätten und ihn in der Bim beim Klauen ertappten, sei der Fall geklärt und die Unschuld vom Moritz erwiesen!

Auch das hatte sich die Maxi überlegt.
Dass nun jeden Morgen und jeden Mittag Proben für das Krippenspiel seien, könnten sie den Mamas vorschwindeln.
»Ich bin im Lügen aber nicht gut«, sagte die Mini.
»Für den Moritz wirst es schon schaffen«, sagte die Maxi.
Die Mini wagte nicht zu widersprechen.

Dabei war sie im Flunkern wirklich eine komplette Niete. Jedes Mal, wenn sie es versuchte, merkte es die Mama gleich. Und noch eine andere Schwierigkeit sah die Mini. Der Peter kannte sie doch. Und die Maxi kannte er auch! Der würde sich ja wundern, wenn sie beide nun immer mit ihm Straßenbahn fuhren!
Die Maxi sagte: »Aber nicht, wenn wir uns verkleiden.«

Fünfzehn Minuten nach sieben Uhr ging die Mini am nächsten Tag von daheim weg. Ihre Mama hatte keinen Verdacht geschöpft. Nicht einmal richtig hingehört hatte sie, als ihr Mini von den Proben für das Krippenspiel erzählte. Die Mama musste sich um den kranken Moritz kümmern. Sehr besorgt war sie um ihn. Die Mini lief die Straße runter. Ewig lang.

Bis zu der Haltestelle, an welcher der Peter jeden Morgen in die Straßenbahn einstieg. Dort wartete die Maxi schon. Eine große Papier-Tragetasche hatten sie mit. »Na endlich«, rief sie. »Der Peter muss gleich auftauchen!«
Sie zog die Mini hinter die nächste Haustür und holte aus der Tragetasche zwei wollene Pudelmützen, zwei riesige Sonnenbrillen und zwei lange gestreifte Schals.
»Mach fix!«, sagte sie. »Sonst verpassen wir den Kerl noch!«
Kaum eine Minute später kamen die Maxi und die Mini wieder hinter der Haustür hervor.
Nicht einmal ihre eigenen Mütter hätten sie in dem Aufzug erkannt!
Und der Peter, der inzwischen zur Haltestelle gekommen war, erkannte sie

schon gar nicht! Der kümmerte sich überhaupt nicht um die zwei vermummten

Mädchen, die dicht hinter ihm standen. Er blätterte in einem Mickymaus-Heft.

Die Straßenbahn kam. Die Mini und die Maxi stiegen gleich hinter dem Peter ein. Der Peter setzte sich auf einen freien Platz und schaute ins Mickymaus-Heft.

Zwei Haltestellen lang schaute er ins Mickymaus-Heft. Dann stieg er aus und ging zur Schule. Die Mini und die Maxi sprangen hinter ihm aus der Bim und verschwanden hinter einem Haustor, um die Verkleidung loszuwerden.

»War nicht zu erwarten, dass es beim ersten Versuch klappt«, sagte die Maxi und stopfte Mützen, Brillen und Schals in die Tragetasche. »Zum Beschatten braucht man Geduld.«
Zu Mittag hatten die Mini und die Maxi auch keinen Erfolg. Da stieg der Peter zusammen mit einem anderen Buben in die Straßenbahn. Bis zum Aussteigen erklärte er dem, wie man kraulen muss, um der Schnellste zu sein.
Am nächsten Tag hatten die Mini und die Maxi wieder kein Glück. Diesmal hatte der Peter in der Früh einen Walkman einstecken und Ohrstecker in den Ohren. Er summte vor sich hin und wackelte mit den Hüften. In der Straßenbahn dann schloss er sogar die Augen. Fast hätte er aufs Aussteigen vergessen.
Zu Mittag war es der gleiche Jammer! Der

Peter kam zur Haltestelle, versunken in die Walkman-Musik. Fast hätte er vergessen, in die Bim zu steigen. Als er dann doch drinnen war, blieb er bei der Tür und schaute zum Fenster raus.
Was passierte? Eine Frau fragte die Mini: »Es hat zwanzig Grad, was zieht ihr euch an, als wäre bitterer Winter?«

Am Morgen des dritten Tages kam der Peter ziemlich spät zur Haltestelle. Er lehnte sich an den Papierkorb, holte eine Wurstsemmel aus der Schultasche und mampfte drauflos.
Neben ihm stand eine sehr alte Frau. Die hatte eine Geldbörse in den Händen und kramte darin herum. Sehr kurzsichtig musste die Frau sein. Sie hielt die Geldbörse ganz dicht vor den Augen. Dann zog sie einen Fahrschein aus der Börse heraus.
Dabei zog sie einen 1000-Schilling-Schein mit. Und der flatterte zu Boden. Die alte Frau bemerkte es nicht.
Die anderen Leute, die bei der Haltestelle standen, bemerkten es auch nicht.
Aber der Peter sah es! Er bückte sich und hob den 1000-Schilling-Schein auf.

Die alte Frau bedankte sich beim Peter. Sie wollte ihm sogar einen Finderlohn geben. Aber der Peter sagte zu ihr: »Nein, nein, das kommt gar nicht infrage.«

Die Mini riss sich die Pudelhaube vom Kopf, zog die Sonnenbrille von der Nase und wickelte sich den Schal vom Hals.

»Müssen wir also Spur zwei verfolgen und rauskriegen, wo diesem Schodl die Brieftasche gestohlen wurde«, sagte die Maxi.
»Und wenn das auch nix bringt?«, fragte die Mini verzagt.
»Dann weiß ich auch nicht weiter«, seufzte die Maxi und riss sich auch die Pudelhaube vom Kopf, die Sonnenbrille von der Nase und den Schal vom Hals. Gerade als sie alle Verkleidungssachen in die Tragetasche gestopft hatte, drehte sich der Peter um. »He, Mini!«, rief er. »Wieso bist du hier?«
»Ich-ich-also ich . . .«, stotterte die Mini und wusste nicht weiter.
Die Maxi zeigte auf ein Geschäft. Ohne zu stottern sagte sie: »Wir haben in der Drogerie da etwas besorgen müssen«. Zusammen mit dem Peter stiegen sie dann

in die Straßenbahn. Der Peter fragte die Mini, ob der Moritz echt krank sei.
»Na klar, sogar sehr!«, rief die Mini.
»Vierundvierzig Fieber hat er«, rief die Maxi. Das war natürlich gewaltig übertrieben. An dem Morgen hatte der Moritz bloß siebenunddreißig-zwei gehabt.
»Na ja«, sagte der Peter, »alle Kinder in der Klasse sagen, er bleibt nur daheim, weil er sich nimmer in die Schule traut.«
»Da seid ihr eine blöde Klasse«, rief die Mini. »Glaubt ihr vielleicht, mein Bruder kann sich selbst Fieber machen?«
Und die Maxi rief: »Er hat nicht gestohlen, also könnte er sich jederzeit in die Schule trauen.«
Sehr dankbar war die Mini der Maxi dafür, dass die den Moritz so verteidigte.
Beim Schultor dann sagte die Maxi: »Geh

gleich jetzt zur Frau Direktorin und bitte sie um die Adresse vom Schodl.«
»Die habe ich doch längst«, sagte die Mini, holte den Zettel aus der Rocktasche und erzählte der Maxi, wie sie an die Adresse gekommen war.

Und da der Franz Schodl nicht bei ihnen in der Schneck-Schule sei, meinte die Maxi, gehe er sicher in die Käfer-Schule. Und falls er nicht in die erste Klasse gehe, habe er erst um ein Uhr aus.
Sie sagte: »Wir gehen nach der Schule einfach hin und passen ihn ab.«
»Aber wir kennen ihn doch gar nicht«, sagte die Mini. »Wie sollen wir ihn denn unter den vielen Kindern rausfinden?«
»Na, wir fragen halt einfach!«, sagte die Maxi.
»Wen denn?«, fragte die Mini.
»Oh Gott«, seufzte die Maxi. »Du siehst immer Probleme, wo keine sind. Wenn wir jedes fünfte Kind, das aus der Schule kommt, fragen, wird doch eines dabei sein, das uns den Knaben zeigt.«
»Hoffentlich«, sagte die Mini.
Als der Unterricht zu Ende war, gingen die

Mini und die Maxi zur Käfer-Schule. Sie warteten vor dem Tor, bis die Kinder rauskamen. Jedes fünfte Kind fragten sie: »Bitte, kennst du den Franz Schodl?«

Die Mini und die Maxi liefen hinter dem kleinen Dicken her. An der Straßenecke, als er auf grünes Fußgängerlicht wartete, holten sie ihn ein. Die Maxi legte ihm eine Hand auf die Schulter.

Der Franz Schodl sagte: »Die habe ich zurückbekommen. War noch alles drin. Wenn ihr eine gefunden habt, ist es nicht meine.«

Da bekam die Mini Knieschlottern. Und Herzklopfen. Und Ohrensausen dazu.
»Bei welchem Zahnarzt?«, fragte sie. Ihre Stimme war ganz heiser.
»Beim Dr. Knechtberger«, antwortete der Franz Schodl. »Sonst noch was?«
Er schaute ziemlich verwundert.
»Nein, danke«, krächzte die Mini.
»Na, dann tschüss«, sagte der Franz Schodl und ging weiter.
»Was hast denn?«, fragte die Maxi. »Bist ja auf einmal ganz blass.«
Die Mini sagte: »Am Montag war der Moritz auch beim Zahnarzt.«
»Sag nicht, dass er auch beim Dr. Knechtberger war!«, rief die Maxi.
Die Mini nickte.
»Na dann«, seufzte die Maxi, »können wir einpacken, tut mir Leid!«

Sie legte der Mini einen Arm um die Taille und zog sie fest an sich.

Die Mini nickte. Sagen konnte sie gar nichts. Ihr war zum Heulen zu Mute.

»Ist die Probe gut gelaufen?«, fragte die Mama, als Mini heimkam.
Die Mini wollte nicht länger lügen. Sie fiel ihrer Mama um den Hals und sagte ihr, dass es gar keine Krippenspiel-Proben gegeben habe. Dass sie mit der Maxi die Unschuld vom Moritz hatte beweisen wollen. Und warum das nicht möglich gewesen sei!
Die Mama streichelte die Mini. Sie nahm ihr den Schwindel kein bisschen übel.
»Ich versteh dich«, sagte sie. »Ich kann ja selbst kaum glauben, dass der Moritz ein Dieb sein soll.«
Sie bat die Mini, dem Moritz haargenau zu erzählen, was sie und die Maxi rausbekommen hatten.
»Vielleicht sieht er dann ein«, sagte die Mama, »dass Leugnen nichts mehr nützt.«
Der Moritz lag in seinem Bett. Auf dem

Rücken lag er, die Augen hatte er geschlossen.

Die Mini setzte sich zum Moritz aufs Bett. Ihr Bruder tat ihr Leid. Auch wenn er ein Dieb war! Doch ihm jetzt knallhart berichten, was sie rausbekommen hatte, das fiel ihr schwer.
Sie dachte: Wie bringe ich ihm das bloß schonend bei?
Während sie sich das überlegte, schaute sie zum Schreibtisch vom Moritz. Vor dem Schreibtisch stand ein Sessel. Über der Sessellehne hing die Jeansjacke vom Moritz. Die Mini starrte die Jacke an, dann sprang sie auf und riss die Jacke von der Sessellehne.
»Moritz!«, rief sie. »Da ist ein Riss im rechten Ärmel der Jacke!«
Der Moritz machte die Augen auf. »Na und«, murmelte er matt, »ist doch wurscht, weiß auch nicht, wann das passiert ist.«

»Und den großen, roten Tintenfleck auf dem Rücken hat die Jacke auch nimmer!«, rief die Mini aufgeregt.

Der Moritz setzte sich im Bett auf. Ratlos schaute er die Mini an. »Was redest denn da daher?«

»Jetzt denk gut nach, Moritz«, sagte die Mini. »Hast du die Jacke getragen, wie du zum Zahnarzt gegangen bist?«
Der Moritz nickte.
»Hast du sie dort anbehalten?«, fragte die Mini.
»Auf den Kleiderständer habe ich sie gehängt«, sagte der Moritz.
»War da noch ein Bub im Wartezimmer?«, fragte die Mini.
»So ein kleiner Dicker, glaube ich«, sagte der Moritz.
»Hat der vielleicht auch seine Jeansjacke auf den Kleiderständer gehängt?«, fragte die Mini.
»Keine Ahnung«, sagte der Moritz. »Der war schon da, wie ich gekommen bin. Und als er weggegangen ist, habe ich nicht hingeschaut.«

Die Mini schwang die Jacke in der Luft.
»Ich hab's!«, rief sie. »Mama, Mama!«

Eine Stunde später hatte der Moritz kein Fieber mehr. Pumperlsgesund war er. Die Mama rief den Papa im Büro an und sagte ihm, dass es doch »Nervenfieber« gäbe. Und der Papa ließ dem Moritz ausrichten, dass es ihm sehr Leid tue, seinem Sohn nicht geglaubt zu haben. Der Mini ließ er ausrichten, dass er sehr stolz auf seine superkluge Tochter sei.
Am Abend dann fuhren der Papa, die Mama, der Moritz und die Mini zum Franz Schodl. Die Maxi kam auch mit. Der Franz Schodl und seine Eltern staunten nicht schlecht, als sie erfuhren, was da wirklich passiert war. Und der Franz Schodl sagte zum Moritz: »Mir ist die Jacke eh enger als sonst vorgekommen. Aber ich habe mir gedacht, ich habe schon wieder zugenommen.«
Und die Maxi sagte zur Mini: »Du bist

echt die bessere Detektivin von uns beiden.«

Das freute die Mini. Aber noch mehr freute sie sich darüber, dass ihr der Moritz einen Kuss auf die Wange gab und ihr ins Ohr flüsterte: »Das war Spitze von dir. Du bist eine tolle Schwester!«

Willi hat zwei Probleme. Erstens hat er oft Angst, zum Beispiel vor dem finsteren Keller oder vor Monstern, die sich unter seinem Bett verstecken könnten. Das zweite Problem ist, dass er seinen Eltern nichts von der Angst erzählen will, um nicht als „Baby" dazustehen. Angst zu haben und zugleich allen einen mutigen Willi vorzuspielen, ist nicht einfach, da kommt es zu vielen Missverständnissen ...

Christine Nöstlinger
Willi und die Angst

laminierter Pappband, fadengeheftet, durchgehend
farbig illustriert von Christiane Nöstlinger

zum Vorlesen und Selberlesen
ISBN 3-85191-160-1
DM 22,- / sfr.20,- / öS 162,-

DachsVerlag